LORD OF MARTYR

BLOOD REBORN

SUMEET KUMAR

Made with ♥ on the Notion Press Platform
www.notionpress.com

SUMEET KUMAR

SUMEET KUMAR , A adult who experinces many phases of life , a well known writer and a writer of new era .In reality he is a writer as well as ,singer ,poeter ,shayr ,quote writer ,lyric writer and and a performer well as anchor or standup comedian.Very exicting and intresting fact about him is that he is author of new era i.e. He starts his journey of writing at the age when he was going to schools to get the study .His streak of 200 books will be the great achievment for him in future ,His some famous works i.e Maturity of love (genre _Love) Privacy of dream (Genre -LIFE STYLE OF MIDDLE CLASS).

you can also buy his book from NOTION PRESS ,ABE BOOKS ,IMUSIC IN ,FLIPKART ,AMAZON ,KINDLE ,INSTANT READ LIKE

EBOOK ,KINDLE ,GOOGLE ,INTERNATIONAL SITES AND MANY
MORE .

PODCASTER ON SPOTIFY :@BROKEN HEART

INSTA ID : BOOKHUB92

GMAIL: sumitkumar 88234

LINKEDIAN : SUMEET KUMAR

Contents

Preface

In one life, we see many types of times, some are ours and some are strangers, but they belong to humans.They don't lie, they don't laugh, even their pressure of pain and love is the same.

As it happens, this story is dedicated to those who fought with time and gave us victory.

Acknowledgements

SUMEET KUMAR

SUMEET KUMAR , A adult who experinces many phases of life , a well known writer and a writer of new era .In reality he is a writer as well as ,singer ,poeter ,shayr ,quote writer ,lyric writer and and a performer well as anchor or standup comedian.Very exicting and intresting fact about him is that he is author of new era i.e. He starts his journey of writing at the age when he was going to schools to get the study .His streak of 200 books will be the great achievment for him in future ,His some famous works i.e Maturity of love (genre _Love) Privacy of dream (Genre -LIFE STYLE OF MIDDLE CLASS).

you can also buy his book from NOTION PRESS ,ABE BOOKS ,IMUSIC IN ,FLIPKART ,AMAZON ,KINDLE

ACKNOWLEDGEMENTS

,INSTANT READ LIKE EBOOK ,KINDLE ,GOOGLE ,INTERNATIONAL SITES AND MANY MORE .
   PODCASTER ON SPOTIFY :@BROKEN HEART
   INSTA ID : BOOKHUB92
   GMAIL: sumitkumar 88234
   LINKEDIAN : SUMEET KUMAR

   .

CHAPTER ONE

HOLDING MY SENSE

Aaj jo bhi likh raha hun saayad uski har ek riwayat mujseh behad alag hai ,chhah kar bhi apne haalat aur jajbaat kishi ke samne jahir nahi kar sakta kyunki mein janta ki na toh mere layak hai aur na hee mein unke layak hun ,phir bhi waqt ke sath na mein unse alag reh sakta aur na hee vo mujseh ,zindagi ko aaj tak samjah hee nahi paya ki ye mujseh chhahti kya hai ,kyunki jaha sapno ki baat ki jaye toh ye mujseh alag hai ,aur sayad inke khwaab bhi ,mujhe nahi pata ki mein ish duniya ko kab chhodne vala hun ,aur mujhe ye bhi nahi ki ye duniya mujhe kab chhodegi ,hum ek hokar do jaishe kyun lagta hai kya hamari zindagi hamse laga hai yeh hamare jajbaat hamse laga hai ,mein aur meri ruhh apni khasiyat jante hai ,kishi ke smne kuch lfaz ki dua baayan nahi kar sakta kyunki janta hun ki khaali hath toh bheek bhi nahi milti sajde mein toh kishi mohabaat ki kya hee gujarish karege ,khair ish safar ko mein jeen chhahta hun bhale hee zindagi do pal ki hee kyun na ho ,kehteb hai ja koi apke behad kareeb ho toh aap ushe kabhi taqleef mein nahi dekh sakte hai na hee unse unke baare mein puch sakte ho aur na hee unki parvaah kar sakte hai ,phir bhi kuch vaadein hai jo ush dehlij ko bhi laangh hee dete hai aur azad hokar khud ki nayi suruyaat karte hai ,meri kahani mujhe khud bhi nahi pata ,matlab aap sab bhi yehi soch rahe honge ki khud ki kahani kisko pata nahi hoti ?

Ish alfaaz ko lekar mein bhi apke sath ye ish murde p[er mein bhi apki taraf hee rehna chhahta per kuch numaaish hai jo in lafzo seh hokar ush darvaje tak jaati hai jishe sirf mein dekh sakat aur koi nahi ,mujhe nahi pata ki meri kahani kya hai ?

Mujhe ye bhi nahi pata ki meri zindagi kya hai ? per mein khud ke baare mein janta hun ki mein kya hun aur kya bann chuka hun ,na toh yeha apne dard ko baayan karne aaya hun aur na hee kishi aishe cheez ki suruyaat karne vala jisse mujhe taqleef ho ,ye na toh kishi HEER RANJHE ki hai aur na hee kishi ROMEO JULIET ki ye kahani toh ush saksh ki hai jisne khud ko paane ke liye apni jaan tak gava di ,log kehte hai insaan ho toh insaan seh hee pyar karoge na kishi aur seh toh nahi ,ish dharti per kayi tarah ke jeev jantu hai ,toh mohabatt sirf insaan seh hee kyun ho ? ye bhi toh ek saval hai ,mein ush vayu seh mohabatt kyun na karu jsiki haaweiyn mujhe aaj bhi jind rakhti hai ,mein pyar ush sooraj ki roshni seh kyun na jishe dekh har ek naye din ki suruyaat karta hun ,ishq karne ke liyte zaroori toh nahi ki attraction ki zaroorat ho ,agar apke haalat milte hai toh ushe mohabatt nahi samjhota kehte hai aur agar apki zindagi milti hai toh ushe pyaar nahi aitbaar kehte hai , khair maine pehle bhi kaha tha ki ye kahani na toh kish mohabatt per adharit hai aur na hee jeene aur marne per , ishliye iske alfaaz ko chhod kar ham ush safar par chalte hai jaha seh duniya kuch alag hee lagti hai .

Kuch din pehle ki hee baat hai jab mein ek aishe saksh mila jiski baateion uske cehre seh mail hee nahi khati thi ,ishliye maine socha ki chalo jara ish saksh ko jante hai ,kyunki jab aapko apni zindagi mein kuch na dikhe na toh bas ushi waqt samajh jana ki zindagi aapse kuch chhati nahi hai vo bash apko waqt de rahi ki aap khud ko samjho ,aur saayad jab maine ush saksh ki baateion suni toh mujhe bhi aishe aehsaas hua ki saayd log anjaane tabhi mehfil deewani lagti hai ,jab maine pucha ki apko koi taqleef toh usne mujseh bash itna bola ki taqleef toh zindagi hai jiski suryaat mere jeene aur marne per tay ki gayi hai,pehle toh uski baateion mujhe kabhi uljhi hui lag rahi thi ,kyunki mein ush waqt samajh hee nahi pa raha tha ki ye saksh mujseh kehna kya chhahta hai ,maine usse duri baar phir pucha ki kya apkoi koi taqleef hai usne phir bhi vhi lafz doharaye jo vo pehle bol chuka tha ,mujhe nahi pata ki vo mujseh kehna kya chhahta tha ?

per kuch waqt ke liye hee sahi per maine useh samjhane ki kosish ki ishliye mein uske peeche bhi gaya tha ,aur jab peece gaya toh uski yaadeion bhi uske jaiseh hee bhikri hui thi , tutte hue thhe uske aashiyane aur uski har ek khushi ,ush waqt aisha mahasoosh ho raha tha maano zindagi mujhe kuch aur hee batana chhahti hai aur saayad mein ushe samajh kar bhi samajhana nahi chhahta .

Jab aapko kishi ki behad zaroorat ho na toh aap uski yaadeion ke bina reh nahi sakte ,aap ush waqt bash itna hee chhaoge ki kishi bhi tarah seh bas vo apke pass rahe hai aur kahi durr na jaye ,par kya sach mein vo ape kareeb bhi aana chhahti hai yeh durr seh hee vo apko kareeb manta hai ,maine dekha hai aajkal ke rishto ko jo behad alag hai apki soch seh bhi ,aap unke jitna kareeb jayoge vo aapko khud seh utna hee durr karege ,jab mujhe pehli baar mohabatt hui toh mere aehsaas behad alag thhe ush ek insaan ke liye jsihe mein sab kuch samjhane laga tha ,per kehte hai na jab aayne tutt teh hai toh uske shor seh har ek cheez bhikare shi jaati hai ,na toh usme pehle jaishi baat rehti hai tuttne ke baad aur na hee uski fidrat aap ush waqt acchi tarah seh samjah paayoge aur na hee vo kishi darpan ki aach yeh kishi cehre ko saaf dikhati hai .

Insaan waqt ki baateion bahut karta hai ki waqt aane do tumhe tumhare karmo ki saja zaroor milegi ,yeh waqt aane aane do tumhe tumhare karmo ke faal milega ,faal ka pata nahi par zindagi mein gam bahut mile hai aur itne mile hai jishe aaj bhi dekhta hun toh aankheion bhaar aati hai aur aasyun sukh jaate hai phir bhi intezaar karta hu ki kaash ye din gujar jaye aur agale din ki suruyaat aachi ho ,per aajtak aishi hua hee nahi na vo din aaya aur na hee uski suruyaat hui ,phir bhi intezaar aab bhi baaki hai ,ek mard ki zindagi itni bhi aashan nahi hoti hai jitan logg sochte hai kyunki maine waishe bhi mard jo apne aankheion mein aasyun lekar bbh apne parivaar ke liye khushyion ki tijuri laate hai aur khud jokar bann kar purre jagg ko hasate hai ,aur maine aiseh bhi log dekhe hai jiski har ek chhahat sirf mohabaat ke naam per hee chalti hai ,aur isse zyada kuch keh nahi skata kyunki farogh bhale hee apke sukoon de per mamta zindagi deti hai aur ye zindagi kishi bhi insaan ke liye behad zaroori hai .

Jab mein pehli baar rooyan toh khud ke aasyun pochne vala bhi mein hee tha ur khud ke gam baatne vala bhi mein hee tha ,par sayad ye zaroori nahi har waqt aap khud ke sath hee raho ,ye zindagi itne khwaab dikhati hai jishe ham kabhi purra kar hee nahi sakte ,mein cahh kar bhi lamhe sab ke samne jahir nahi kar sakta jo maine khud mahasoosh kiya hai ,mujhe lagta hai ki mein hun kyun un logo ke beech jinhe sirf meri zaroorat hai mujseh mohabatt nahi ,mein kyun unke sath aishe rishte mein bandha jiski aehmayiat bhi ush chand ki tarah hai jo har raat ko najar toh aata hai per uska koi wajood nahi ush sooraj ke roshni ke beena ,na hee uski koi khairat hai ushi tarah hai ham insaan bhi matlab ke liye hai ,mere kehne ki talim yehi hai ki log apko tabhi yaad karte hai jab apki zaroorat unhe behad khalti hai ,sayad ish waqt bhi mere sabd kaffi nahi hai kishi ko ye samjhane ke liye ki meri zaroorat kya hai ?

Janm seh lekar meri har kahani ushi cheez pe bani hai jiski pechaan bash itni seh hai ki ham hai kya ?matlab ek insaan ki zaroorat kya hai ,mein vigyaan ki baateion nahi kar raha aur na hee isse judi farogh ki baateion kar raha hun ,kyunki jaha tak meri soch jaati hai maine yehi dekha hai ki bahut saal jab manav jaati ne ko banaya gaya tha ye inhone janm liya toh ush waqt insaan mohabaat janta tak nahi ,na hee ishe mahasoosh karte thhe phir bhi unki zindagi aage badhti gayi aur vo aur bhi zyada apni zindagi mein kamayaab hote gaye ,mein aaj tak ye nahi samjah pa raha hun ki ye zindagi mei mohabatt naam ki cheez aayi kaiseh , na toh grantho mein inki soch nirdharit ki gayi hai aur na hee mansuhya ke dvara iski parivasha tay ki gayi hai ,jab manav ek dusre seh judte hai toh kya uske bhav ki parivasha kya prem hai ,ye jin rishto ko ham banate hai kya uski parivasha prem ,agar vo prem hai jishe kayi log pavitra mante hai toh ush uparvale ne iski parivasha tay kyun nahi ki hai ,unhone hame banaya hai ,aur hamne ek nayi duniya banayi ,per ye duniya bhi unhi ki di gayi hai ,hamare janm ki kahani nayi nahi hai ,ye purani hee hai ,matlab mein jo kehna chhahta hun uski parivasha itni seedhi hai ki manav jaati ki mrityo kabhi hui hee nahi ,hamari maut kabhi tay ki hee nahi gayi ,jab kishi manav ki maut hoti hai toh ush waqt uske sirf ham uske sareer ko jalate hai uski aatma ko nahi ,aatma toh ush waqt bhi aazad rehti hai jab uske jism ko jalaya jaata hai , saayad granthon mein ye baat likho ho ye na ho pere mein zaroor kehna chhata hun ki ek manav ki kahani bbhi amar ho sakti hai ,kyunki vo khud amar hai ,unke sareer bhale hee jalaye jaate hai per unki maut asliyat mein hoti hee nahi hai ,ham kabhi marte hee nahi ,bahs waqt ki kuch seedhiyan hai jo hamse do kadam aage chalti hai .

Yeha khud ki zindagi samjah mein nahi aati bhala ham kishi ki prem ko kya samjhege ,vo krishna bhi apni Radha ke beena dhure hai ,unki bhi ek prem kahani thi per un dono ne ki kabhi shaddi nahi hui ,vo maar thhe unki har ek chhot aaj hhi ish jagat ko yaad hai ,per hamari mohabatt bilul ushi jalti aag ki tarah hai jiski chingari kuch waqt ke liye apni lapto ko ujagar toh arti hai ,per kucvh hee der baad uski har ek pechaan mitt bhi jaati hai ush raakh ki tarah jiske pechaan ki har aadat hee andhre ki sham hai ,mein yeh nahi keh raha ki tumne apne dard ko durr matt karo jo tumhare hisse mein ,mein bash ye keh raha ki jo tumhare hisse mein dard hai tusm ushe samjhane ki kosis karo kyunki kishi ki pechaan adhuri nahi rehti hai ek manav ki zindagi ,uske kayi matlab agar ham ushi sahi tareeqe seh samjhe ,mujhe kishi tapasya ki zaroorat nahi hai ki mein uske sahare khud ke dard aur dukh ko durr karu ,mujhe sirf mere pechaan ki zaroorat hai jo in kuch rishto ki baudaulat kho gayi hai aur mein ushe dhund hee nahi pa ara ,mujhe nahi pata ki vo mujseh kitni durr hai mein bash itna janta hun ki aab vo mere hisse mein nahi hai ,per aishi bhi baat nahi hai ki mein uski taalash nahi karunga ,mein zaroor karunga kyunki uska ilava meri ye duniya bhi adhuri hai .

kishi ki kahani u hee amar nahi kahi jaati asliyat mein vo log pehle seh amar hote hai ishliye unki kahani bhi amar kahi jati hai ......

"

SAMSAAN
KI AAG

SUMEET KUMAR

MEIN
TUMNE BHALE HEE
MERE
SAREER
KI
AHUTI DI
HAI
PAR MERI
RUHH JO
AAB BHI AAZAD
KISHI AASHIYANE
MEIN
BHALA
TUM
USKI
AAHAT
KAISHE
MITAYOGE ....

"

CHAPTER TWO

SAVE TO SPILT INDIA

Zindagi har waqt hame kayi cehre dikhati hai jisme kuch anjaan hote hai toh kuch apne ,per un sab ki khairat kya ek hoti hai ,cehre badalne seh kishi insaan ki fidrat nahi badalti ye ham sab jante hai phir bhi mohabaat ek aishi aag hai jo har kishi apne kareeb lakar hee barbaad karti hai chhahe aap isse kitne bhi durr kyun na ho ,ye kahani na toh kishi majnu ki aur na hee kishi laila ki hai ,ye kahani ush amar javaan ki hai jisne apni zindagi ush desh ke havale bachpan mein hee kar di, jish desh ko apna ghar manta tha ,ek insaan apne sareer seh toh kuch waqt ke alag ho sakta per apni ruhh seh kabhi nahi ,mujhe nahi pata ki mein unki dastan kyun likh raha hun ,na hee kahani unke prem bhav seh judi hai aur na hee unki pechaan seh ,ye kahani toh unki ush amar katha seh likhi gayi hai jishe har koi janta ,vo kehte hai na hamare fauji bhai bilkul ush sooraj ki tarah hai jinke roshni seh ye purri duniya andhkar seh durr rehti hai ,vo sirf hamari raksha nahi karte ,vo hame har din ek naye jeevan ki aur lekar chalte hai ,unke bina toh ye zindagi bilkul ush pathar ki tarah hai jiski koi muraad nahi hai ,kabhi socha hee nahi tha ki aishi bhi daastan apne alfaazo mein likhne ki kosish karunga par aaj likhte hue khud mein hee garv mahasoosh kar raha hun ,mein nahi janta ki mein kabhi unse mill bhi payunga ye nahi ,phir bhi mein itna zaroor janta hun hun ki agar vo hamari zindagi mein nahi toh hamari zindagi bhi ushi phool ki tarah hai jo sooraj ki rohsni waqt pe na milne per murjha shi jaati hai ye khud ko kabr ki aach mein lupt kar deti hai ,mein apne desh ke baare mein kya hee kahu ,ye BHARAT sirf hamar shaan nahi balki hamari jaan hai ,aur iske liye ham kuch bhi kar sakte hai ,jaha dusre desh mein log mitti ko mitti bolte hai vhi bharat mein ham inhe ma kehkar bulate hai ,bahut saari cheeze anjaan hai jiske baare mein ham jante toh hai per kabhi aaj tak samajh nahi paaye jaishe ki hamare desh ka pyar hee le lo ,bilkul ush chand ki tarah hai jo hame andhere seh bachata bhi hai aur hame ye aehsaas bhi dete hai ki ham akele nahi hai ish duniya mein,insaan jaha apne liye ladta hai apni daulat kio bachane ke liye ladta hai ,vhi hamare fauji bhai apne desh ke liye ladte hai ,ham inhe insaan bilkul nahi keh sakte ,bhala ek insaan khud ki jaan dusro ke liye kab seh dene laga , hamare fauji bhai insaan hai hee nahi ,vo ush uparvale ki tarah hai jo bhale hee hamare pass nahi rehte per hamari madad aur hamari raksha hamesha karta hai khair ish kahani ko suru karne seh pehle ye ush amar javan ke baare mein kuch batane seh pehle kuch alfaaz hai jo kehna chhahat hun aur uske sab kuch ish tarah seh hai .

"

EK FAUJI

KI ZINDAGI

EK

FAUJI HEE SAMAJH

SAKTA HAI .."

RANVEER SHEKAWAT

MAJOR SQUAD 52A

POSTING : KARACHI (PAKISTAN)

Naam seh toh saaf jahir hai ki ye kahani kishi insaan ki nahi ek fauji hai ,ush fauji ki jisne apne vatan ko bachane ke liye apni jaan toh ushi din apne desh ke naam kar di jish din usne vardi pehni thi ,ye koi aam kahani hai bakiyo ki tarah aur na hee ye keh sakta ki ye bhaut bade saksh ki kahani hai ,kyunki hamare fauji bhai zameen ke rakhvale hai aur apni bharat ma ke pyar bhi ishliye vo hamesha apni zameeen seh hee jude rehte hai ,inhe kahi bhi post kardo duniya mein ,tab bhi ye vha bhi jhande ghaar ke hee aate hai ,ye vo sher hai hamare bharat ki jinke jungle ki kahani mashoor nahi hai balki shikar kaiseh karte hai vo mashoor hai ,jagat mein inse bada koi nahi hai ,agar ush uparvale ke neeche koi hai toh yehi hai , mein aishi baat kyun keh raha hun isse bhi parde uthege kyunki ye kahani unhi ke veer javano ke naam hai ,khair aab mere safar khatam ho raha hai kyunki hamare MAJOR RANVEER SHEKAWAT ki kahani suru jo hone vali hai .

KARACHI ,jaiseh sehar waishi hee iski gaaliyan bhi hai ,pehle ye bhi hamar hee tha per hamne apne parisiyo ko ishe daan mein de diya vo bhi ye soch kar ki kahi vo bhukka na marr jaye ,vha ki kaum seh kuch khaas nafrat nahi hai ,kyunki vo bhi apne hee thhe pehle ,par vha ke sarkaar ki baat he alag hai kyunki vo sochte bahut kaam hai miya ,waiseh ish operation ke baare mein sirf mein hee janta hun aur koi nahi ,yeha tak ki bakki ke sathi bhi nahi ,ham fauji ka kya hai kahi bhi bhej do hame toh bash apne desh ko bachana hai ush taufe mein ushe fateh ki seedhaiya bhi chadani hai ,waiseh ham faujio ki zindagi badi khaas hoti hai ,kyunki ham har din kafan ko apne sath lekar chalte hai ,aishi baat nahi hai ki hame jenne ka saukh nahi hai yeh hamare sapne nahi hote hai ,hote hai ,aur hamare sapne ye hai ki apni ish mitti ki lajj ke liye ham kuch bhi kar sakte hai ,agar dusre taraf seh ek chhoti shi kahroch bhi hamare mitti ko chu de toh ham ghush ke marege unhe kyunki ye sirf hamari mitt nahi hamari ma hai .

Maine kabhi bachpan seh ye nahi socha tha ki mein kabhi ARMY bhi join karunga ,matlab aishi baat nahi hai ki meri ye chhahat nahi thi ,yeh mein bann nahi chhahta tha ,par kehte hai agar desh ki raksha sahi hathon mein na saupi jaye toh jish desh ke hone seh ham khud per garv karte hai vo sayad garv rahe hee na ,ham kabhi kishi fauji ki taqat ka andaaza nahi laga vo bhi khaas kar ek bhartiyo fauji ki ,kyunki ham ush vardi ko nahi chunte ,vo vardi hame chunti hai ,ishliye mein bhi sochta ki mein jab tak iske kabil na bann jayun tab tak ishe apne sareer seh nahi lagayunga ,ye ijjat hai hamarei ,aur tamaana bhi ,ishi mein lipat kar desh ki shaan bante hai aur ish mein lipat khud ko desh ke liye kurbaan bhi karte hai ,ye sirf ek vardi nahi balki ek junoon hai .

15 saal ka tha tab dad kehte the ki desh ke sath chaloge ko toh desh bhi tumhare sath chalega ,agar tum daulat mein kuch kamana chhahte ho toh ush ma ki mamta kamao jo apne aasyun ko chupa kar bhi apne eklaute bete ko ush jung mein bhejti hai jish jung seh laut aane ki koi aash nahi hoti ,phir bhi vo apne bete ko ishliye bhejti hai ki agar vo ush jung mein kurbaan bhi ho gaya toh vo ushe apni fateh manegi ,kyunki vo jung sirf khud ke liye nahi ladd raha balki aapni ush bharat ma ke liye ladd raha hai jiske kayi laal khud ki jaan gavah kar bhi apne desh aur apni dharti ma ki raksha karte hai .

Ham bhartiya sentimentals hote hai vo bhi bahut zyada hai kyunki ham apne desh ko dil seh chalate hai na ki dimaag seh ,prem ki bhavna har jagah ish duniya mein ishliye jind hai kyunki ye BHARAT hai , khair ye baateion suru ki toh apni kahani saayad kabhi khatm hee nahi kar payunga.

18 tak toh zindagi behad acchi thi ,matlab dosto ke sath ghumna firna phir padhai badhai aur khelna kudna bash yehi zindagi thi ,aisha mein sochta tha per kabhi ye socha nahi ki saal toh badh rahe par uske sath umr bhi toh badh rahi hai ,aur umr ke sath DAD ke khwaab bhi badh rahe hai ,ARJUN SHEKAWAT ,mere dad bhi desh ki jaan hee thhe per inhone mujhe kabhi bataya hee nahi ki ye thhe kya ,na toh ma inke kaam ke baare mein janti thi aur na hee ye kishi ko apne kaam ke baare mein batate thhe ,sabko yehi lagta tha ki ye ek teacher hai ,par ye purri sachai nahi thhe ,dad ko dekh kar kabhi ye lagta hee nahi tha ki ye ek teacher hai ,agar mujseh puche toh ,maine kayi baar dad seh pucha bhi ki kya aap sach mein ek teacher ho ? aur uske baad dad mujseh har waqt yehi kehte thhe ki apne baap per sakh karta hai hai tu ,aur mein ush waqt bhi unse yehi kehta ki nahi dad mujhe aap pe bharosha hai ,unki vo chhoti shi nok jhok hee hamar purri zindagi hua karti thi ,phir ek din achanak seh lagbhag 6 mahine ke baad jab dad ki koi kahabr nahi aayi toh ham ye samajh chuke thhe ki vo aab ish duniya mein nahi hai ,mein na toh vo din yaad karna chhahta hun aur na hee ush din ki yaadeion apne jehan seh dubara kishi ko batana chhahta hai ,per mein aaj bhi keh sakta hu ki mujhe garv hai ki mein ARJUN SHEKHAWAT ka beta hun ,mein unka hoon hu ,mein ush baap ka beta hai jisne apne desh pehla pyara tha aur baad mein uska parivaar ,mein usne naraj nahi hun ki vo aab hamare sath nahi hai ,balki mein khush hun unhoe apne farz ko sahi tareeqe seh nibhaya ,jab unke sareer ki har ek kaaya jab ush tirange mein lipat kar aayi na toh ush waqt ,har jagah bash yehi awaz aa rahi thi ki ARJUN SHEKAWAT AMAR RAHE ...

Ush din mere aankheion mein aasyun ,apne dad ke liye ki vo ijjat jo mein ush khuad ko saayad kabhi na de saku ,akhir kaishe kar lete hai yaar ? matlan na toh apne gharvalo ko batate hai aur na hee khud ko ye kabhi mahasoosh hone dete hai ,inhe pyar ki zaroorat inhe sir apne desh ki chinta hoti hai ,ye marte bhi toh apni mitti ke liye aur jeete bhi hai toh apni mitti ke liye , jab MA ne dad ko dekha toh ush waqt vo bilkul chup ho gayi thi ,unki khamoshi ko dekh kar mein bhi kuch waqt ke liye darr chuka tha ,mujhe nahi pata ki mein ush waqt kya karu ? unhe kaishe sambhalu ,jinda mahasoosh nahi kar raha tha khud ko ,seham chuka tha ,dad ki vo akhiri baat yaad aa rahi thi ,mein ish cheez ko ush waqt accept hee nahi kar pa raha tha ki mere hero aab ish duniya mein mere sath nahi hai ,mein manta vo ush din purre desh ke liye ek "HERO" thhe ,per mere liye toh meri duniya thhe .

jab ma ko ush haalat mein dekha toh behad darr gaya tha ,per kuch der baad jab ma dad ke kareeb gayi aur unse ye kaha ki aap chinta matt karo apne jo sapne dekhe vo zaroor purre honge ,apka RANVEER bhi apki hee tarah banega , vo bhi apki hee tarah ek fauji ka beta kehlayega ,aur mujhe garv hai ki mein MARTYR ARJUN SHEKWAT ki patni hun , ma ko dekh baar ush din tay kar liya tha ki jo aurat apne pati ko apne desh ke havale kar chuki hai vo aurat kabhi kamjoor nahi ho sakti ,ma ye janti thi ki mere jaane ke baad vo bilkul akeli per jayegi phir bhi unhone apne kadam bilkul peeche nahi kiye ,unhone bahut garv seh sab ke samne ye kaha ki unka beta bhi apne baap ki tarah hee ek fauji banega .

Par mein saayad unki tarah kabhi bann hee nahi sakta ,vo jaishe thhe mein unki tarah kabhi nahi bann payunga ye mein jenta tha ,kyunki bachapn seh hee maine dad seh kaha tha ki mein ek DOCTOR banuga ,aur dad ne bhi mujseh ye vaada kiya tha ki mein tujhe doctor hee banayung ,mein ush waqt samajh nahi pa raha tha ki mein karu ? ma ke kiye gaye vaade ko todd nahi sakta tha kyunki jish kafan ke samne hath rakh unhone kasme khayi thi vo MARTYR ARJUN SHEKAWAT ke garv seh judi thi ,ye toh suh waqt apne sapne ko chhod sakta tha ye toh ma ke sapne ko ,ishliye maine socha ki mein ARMY join zaroor karunga per DOCTOR bann kar , per kehte hai fauji ke hathon jab tak bandook ki chaap na ho aur kandho per desh ka vbhar na ho tab tak vo asli fauji nahi banta ,mere DAD ne akele mein 50 dushamano ko dhul chata kar apne desh ki raksha vo bhi akela ,unhone apne post ko marte dam tak nahi chhoda ,toh bhala mein ye kaishe kar sakta tha .

"DESH
KI
MITTI SEH
BADI NA TOH KOI
DAULAT
HAI
AUR
NA HEE KOI
GARV ."

CHAPTER THREE

MARTYR BIRD

Kahi seh suna tha ki agar raste khatm ho jaate hai toh manjil bhi lagbhag hamse durr hee ho jati hai ,par ye baateion bhi adhuri hai aur inki haqqeqat bhi adhuri hai ,maine kabhi ye nahi socha tha ki dad ke jaane ka baad hamari zindagi itni badal jayegi ,aishi baat nai hai hamare haalat behad khrab thhe unke jaane ke baad ,par acche bhi nahi thhe ,ma hamesha kishi khamoshi mein kaid rehti thi jishe na toh mein kabhi unse durr kar paaya aur na hee ush khamoshi ko kabhi khud ke aandar mahasoosh karne ki riwayat ki ,mein janta tha ki hamari zindagi kishi tarah seh ulajh gayi hai ,phir bhi mein ush uljhan mein khud ko aur uljha nahi sakta ,duniya ne vo dekha jo dad kar ke gaye per hamari zindagi hame vo dikha rahi thi jo ham soch bhi nahi sakte thhe , paisho seh har daulat nahi kharidi ja sakti hai , aur ye baat tab pata chali jab ye dad hamare sath nahi thhe ,mein jish umr mein tha ,ush umr ye toh khud ko sambhal sakta tha ye khud ko ek aishi aag mein jhok sakta tha jo mere liye bani hee nahi thi ,ma ko kaishe sambhalu pata hee nahi tha ,zindagi har din ek naye dard ki dastan likh rahi thi ,mujhe logo seh sympathy nahi chaiye thi ki mere dad aab ish duniya mein nahi hai na hee kishi ke pyar ki zaroorat thi ,log ek tarfa sach dikhate hai filmo mein ,ki ek fauji ke marne ke baad unke parivaar ki bahut ijjat hoti ,maan saaman milta hai ,per aisha kuch tha hee nahi aishi koi baat thi hee nahi ,mein samjah hee nahi pa raha tha khud ,dad ke jaane ke baad unke hisse ki har ek cheez behad kaatne ke daur rahi thi ,mein ush samay chhahta toh unki tarah bann sakta ,ma ke vaade ko purra kar sakta tha per kaishe karta mujhe toh pata hee nahi tha ki mujhe karna kya hai ?

filmo mein koi bhi line real life seh bilkul match nahi karti ,ham jaisha dekhte hai ye jaisha sochte hai duniya hame vhi dikhati hai aur ham bhi vhi dekhna chhahte hai kyunki ush cheez seh hame rahat milti hai aur behad sukoon bhi ,dad kehte thhe ki jo cheez tumhe comfort de tum ushe kabhi matt apnana apni zindagi mein nahi toh vo tumhe barbaad kar di ,aur aaj vhi comfort mujhe barbaad kar rahi hai ,dad ki yaadeion seh durr nahi ja pa raha phir bhi ma ke vaade ko toh purra karna hee hai ,ek fauji ke marne ke baad sirf unke parivaar vale nahi rote balki purra desh rota hai , aur ushi desh ko ham bharat kehte hai ,ishliye maine soch liya tha ki aab chhahe kuch bhi ho jaye ,mein apni ma ke sapne ko purra kr ke rahunga .

Dad ke lagbhaqg 6 mahine baad ,maine ye decide kar liye tha ki mein bhi aab unki tarah hee banuga chhahe kuch bhi ho ,bas fikr ek baat ki toh jo har waqt mujhe pareshaan kar rahi thi ki agar mein chala gaya toh ma ke sath kaun rahega ,ma toh bilkul akeli reh jayegi ,ush waqt soch ki dau hee kuch aur thi kyunki dad ko maine kho diya tha per mein apni ma seh durr nahi ja sakta ,per dusri taraf ma ke vaade ko bhi nahi todd sakta tha ,kyunki jo kamse unhone ush waqt dad ke samne khayi thi vo koi mamuli kasam nahi thi ,maine ush din ye toh soch liya tha ki mere dad ko log ishliye jante hai kyunki aaj unhone apni kurabani apne desh ke liye di hai ,per mein aisha bilkul nahi karne vala ,mein unki tarah apni jaan apne desh ko nahi de sakta ,kyunki meri ma akeli per jayegi ,mein ush aurat seh kabhi durr hee nahi ja sakta tha jisne mujhe nau mahine garv mein rakh aur mujhe duniya ki har vo cheez sikhayi jiski badaulat mein aaj hun ,mein apne aaj ko toh nahi bana sakta per mein kal ko biagarne bhi nahi dunga , per ma ke vaade ka kya ?jo unhone purri duniya ke samne kaha hai ki mere beta bhi apne baap ki tarah ek fauji banega ,aishi baat nahi thi ki mein apne desh pyar nahi karta tha ,per maine haalat dekhe hai duniya ke har ush insaan jiske ghar mein fauji paida hota hai ,aur jab vo khud ki jaan desh ke havale kar dete hai toh unhe badle mein pension aur symapthy ke ilava koi aur cheez di hee nahi jaati ,vo amar ush mitti ke liye bante hai ,ush desh ke liye mante per yehe ke log unhe kuch waqt ke liye yaad rakhte hai phir bhul jaate hai ,fimlo ke character agar kishi seh pucho toh vo apko ek second mein bata dega ,per hamare bharat mein kitne rajya hai ,kitne fauji kish rajya hai aata hai ,aur kitne apni jaana gava dete hai vo bhi apne desh ke liye vo koi nahi batayega .

maine ush wqaqt ma ko bola bhi tha ki mein dad Ki tarah army nahi join karunga ,mujhe mar nahi bann duniya ki najron ye apne desh ke liye ,mein ek doctor banna chhahta hun ,ek fauji nahi ,aur ma ye zaroori toh nahi ki agar dad ne ye kiya toh mein bhi karu ,mein apko chhod kar kahi nahi ja sakta ,ma ne ush waqt kuch nahi kaha mujseh per agle din jab ma ne dad ki vardi pehni aur ye bola ki tu bhale hee mujseh pyar karta hai kyunki mein teri ma hun per tere dad apne desh seh pyar karte thhe ,kya unki ma nahi hai ,kya teri dad marr chuki hai ranveer ,mujhe garv hai ki mera pati desh ke liye maara hai ,mujhe garv hai ki mein ARJUN SHEKAWAT ki patni hyun ,aur mujhe ye garv zindagi bhar rahega ,meri agar maut bhi ho gayi na toh uske aage mere pati ki pechaan mujhe sukoon degi ,maine sirf tujhe janm diya hai per ish mitti na tujhe panah di hai ,tu ishi mein khel kudd kar bada hua hai ,tu ish mitti seh kaiseh durr jayega ,rahi baat meri toh mein ARJUN SHEKHAWAT ki patni hun aur meri pchli mohabatt bhi ye desh hee hai aur meri akhiri bhi ,aur agar in sab ke baad toh vo tere dad hai ,tujhe ye lagta hai ki mujhe nahi pata ki tere dad ek teacher nahi hai mein ye baat janti thi ,phir bhi maine unhe chuna kyunki jungle ke sher toh sirf junge mein hee apni bagabat chalate hai ,per tere dad jaishe insaan puri duniya per raaj karte hai ,unke dil mein unki jagah hee alag hai jo koi mamuli insaan bana nahi sakta ,vo sirf amar nahi hai ish duniya ke vo insaan hai jo apni jaan gava kar bhi kayi logo ke dilo mein raaj karta hai .

kehte hai zindagi mein kuch karne ke liye motivation ki kaffi zaroora hoti hai par mein ush din jaan chuka tha ki motivator toh hamare ghar ke haalat hame banate hai toh phir dusre ki baateion kyun sunte hai ,agar kuch bann he hai toh dil ko motivation do aur dimaag ko motivator banao ,ma ke vo sabd sunne ke baad mujhe kuch decide karne ki zaroorat ki zaroorat kyunki uske ek mahine ke baad vo bhi 2005 mein maine CDS ko qualify kar ke army join kar liya .

1.5 years jab meri training purri hui toh mein uske baad ghar nahi gaya kyunki maine ma seh ye vaada kiya tha ki mein aishi laut kar nahi aayunga ,matlab fateh kar ke aayun ,mere liye vo fateh bilkul nahi thi ki mein lietuent bann chuka ,vo toh har saal kayi log bante hai ,khair aishi baateion mein kyaun keh raha hun uske peeche bhi ek wajah hai ?

2008 KARACHI (PAKISTAN) MAQBOOL KHAN SHAFAQ HAIDER ,aap sab bhi ye soch rahe honge ki bhala ye kaun hai ,toh mein batata hun ye vo saksh hai jishe bharat chaiye ,matlab hamari mitti agar pyar seh mangta toh iski khatir darri zaroor karte hai ,per isne toh hamare bharat ko hamse cheene ke liye kayi masoom logo ki jaan thi ,mein ush din ki kafiyat nahi batane vala kyunki jab mujhe ye mission mila tha toh MAJOR SUNIL ne mujseh ye kaha tha ki ye toh vha apni jaan gava dena ye toh uski jaan leke aana ,per kishi ke hath maat aana ,ushd in ek baat bilkul saaf thi ki mein toh abhi nahi marne vala aur na hee unke hath aane vala hun ,2008 (27 MARCH) .

ish mission ko complete karne ke liye das logo ki team tayar hui thi ,jiske head , CAPTAIN SHARVAN JOSH thhe ,unhone vhi baat thi jo MAJOR SIR na kahi thi,kehne ko tho ye mere pehle mission par mein iske liye bhaut zyada khush tha ,kyunki vo kehte hai na agar ek fauji ke hath mein dusmano ke khoon ke chiiteh na lage tab tak uski training purri nahi hoti ,aur mein MAQBOOL ko kabr dene ke liye tayar tha .

khair mushibat ki baat ye thi ki ye mission khufia tha ,matlab ham seedhe jakar ushe todd nahi sakte thhe ,varna pakistan toh pehle seh darr jata ,ishliye ham sab jante thhe ki hame karna kya hai ,sabne apni tayari purri tarah seh kar li thi ushe upar pauchane ke liye ,per akhir baat captain ne kaha ki ushe jinda pakar kar bharat lekar jaana hai ,ye mission sabko impoosible sa lag raha tha ush waqt kyunki ham ushe vhi marr sakte thhe per ush gadhe ko bharat kaishe lekar ja sakte thhe ,khair bharat ke faujio mein ek khaas baat hai ki ye paani mein bhi aag laga sakte hai toh ish maqbool ki toh maut tay thi ,khair hamne kam seh kam paanj mahine vha settle hone mein laga diye kyunki ham agar jaate hee hamla kar dete toh va ki sarkaar ush waqt

dubb jati ,aura hamare fauj mein ek cheez ki mashoor hai ki ham kabhi peeche seh hamla nahi karte kayar ki tarah ,ishliye paanj mahine ke baad vo bhi 13 AUGUST akhir kar uski kabr tayar ho hee gayi thi ,waiseh log ushe KARACHI ka bahut bada vyavasaayee bolte thhe ,ishliye ushe taufe mein kuch toh dena tha ishliye CAPTAIN ne kaha ki aaj akhiri din toh biryani toh banti hai ,phir kya tha jitne bhi cadets thhe sab samajh gaye ,aur ush waqt mein usse pehli baar mila ,maan toh kar raha saari gooliyan vhi uta dun uske seene ,phir pakistan ka toh rona dhona laga hee rahega ,per orders thhe ki uski khatirdari hamare bharat mein hee hongi ,isliye mujhe pata tha ki mujhe karna kya hai ,maine ushe ush samay ek offer diya ki ,mein tumhe 70 crore dunga ,per mujhe ye cheez chaiye ?
matalb mujhe karachi ki mirch chaiye aur mein jish mirch ke baare mein baat kar raha tha ush mirch ka naam DRAGUNOV tha .

aur meri baat sunkar vo bahut jald maan bhi gaya ,phir kya tha maine apne saare fauji bhaiyo aur captain ko ye bola ki masale tayar hai bash chicken ko halal karna hai ,per kuch chuzze hai jo pareshaan kar sakte hai ,phir captain ne bola ki un cheezo ko ham sambhal lege ,tum bas ushe FORT KE pass le aana ,aur uske baad jaisha unhone ne bataya tha hamne vhi kiya aur age din hame ush murge ko bharat paucha hee diya ,per kaishe saval aab bhi hai ,akhir ye hua kaishe ?matlab itna aashan toh nahi ushe lana toh phir ye cheez mumkin kaishe hui jo kuch waqt pehle namumki shi lag rahi thi ,maine kya kaha tha hamare fauj mein ek khasiyat hai ki ham paani mein aaga lagana jante hai .

per saval aab bhi ki ham ushe bharat kaishe le gaye ,kehte hai fauj mein kurbani fateh ki tarah hoti hai ,ishliye ham kurbaniyo ke baare mein kabhi sochte nahi ,per mein kurbaniyo ki baat kyun keh raha hun ? maine ye bhi kaha tha ki filmo vale hero aur fauj ke hero kabhi ek jaishe nahi hote ,vo marte zaroor per parde ke peeche aur ham apni bharat ki mein gaud mein , pakistan ye baat acchi tarah seh janta ki MAQBOOL KHAN uske liye behad zaroori hai ishilye vo ushe ush waqt gava ahi sakta aur ham ushe chhod nahi sakte ,ek fauji akela purre desh seh lad sakta ye maine suna tha ,per ush din jab khud ki aankheion ye haqqeqat dekhi toh khud per garv karne laga tha kimein bhi ek fauji ,aur fauji ki khasiyat yehi hoti hai ki vo apne desh ke liye kuch bhi kar sakta hai ,ham sab ko ye baat pata thi ki ham sab vapas nahi laut sakte phir bhi hamne ye raste chune thhe ,khair itne khwaab kyun jab haqeeqat ek garv hai toh ,jab mein ushe FORT ke pass le ja raha tha tabhi ush waqt ,pakistan ke sainiko per ne hamla kiya ,ush waqt vha seh nikalana behad mushkil tha per ek cheez thi jiske wajah seh ham sab nikal sakte thhe aur vo kishi ek ki kurani thi ,ye toh ham mein seh koi ek rukk kar unhe uljhaye rakhta ye toh saare ek sath mil kar unka samne karte par agar ham sab milkar unk samna karte toh MAQBOOL khan seh rihae ho sakta tha ,ush waqt major sir ki ek baat yaad ki unhone kaha thi ki ye toh jaan gavah ke aana yeh jaan lekar ,unhone vo baateion aishi hee keh di vo bhi hasi majak per maine ush waqt un baateion ko serious le chuka tha ,phir kya tha mere jitne bhi fauji bhai toh vo maane ko tayar nahi thhe ,par mein bhi ziddi tha maine unhe ye bol diya ki mein yehi rukunga aap sab ishe lekar jayo ,vo tab bhi mann nahi rahe thhe , SUBEDAAR SANJAY toh ye bol raha tha ki mein tujhe chhod kar nahi vala yeh toh aaj ishi mitti mein unhe mila denge ye khud saheed ho jayege ,ush din ek baat jaani ki ham fauji bhaiyo mein emotions jo hote hai vo bilkul kohinoor ki tarah hote bilkul rare ,in sab ke baad bhi maine unhe bola ki faujio bhaiyo mujhe bhi biryani khani hai toh mere liye bacha kar rakhna aur agar mein na aaya toh meri ma ko ye zaroor bolna ki unka beta aab ek fauji bann gaya hai ,ush din do baat to tay kar li thi ki aaj kuch bhi ho jaye per aaj nahi harunga ,chhahe meri maut hee ish zameen per kyun na ho jaye ....

www.ingramcontent.com/pod-product-compliance
Lightning Source LLC
Chambersburg PA
CBHW032005140726
47988CB00019B/3345